何郡詩集（2000-2011）

# 永遠不敢伸出圍牆

# 推薦序　天生反骨的詩人

邱振瑞

依我長期閱讀何郡詩作的經驗來看，他的詩歌精神特質與風格，宛如一座尚在噴發岩漿的活火山。不僅如此，在其山頂上空還不時引來激情難抑的閃電，每次炸雷爆出的轟響交鳴，都將演繹成是其批判同時代社會的回聲。換句話說，要理解其作品的內在體驗，從這個角度理解切入，似乎最能夠接近其詩歌思想的源頭。

何郡是個天生反骨的詩人。

早年，他即在《八掌溪》詩刊與《掌握》詩刊上發表詩作，包括後來出版的《春夏秋冬是你的臉》、《人牆與鐵絲網》詩集裡，就展現出以詩歌關懷故鄉的土地，以思想介入批判社會的諸種弊病，以詩抒寫政治觀點的特色了。直言之，他用這種剛直豪邁的方法，要在某個時期以歌功頌德為主潮，之後由無病呻吟或語焉不詳為高尚的主流詩壇上，是闖不出響亮名號來的。因為擺在眼前的事實是，幾乎所有與主流媒體、黨國意識形態相反的作品，必然不被正面評價和冷落，甚至可能因言獲罪，關進恐怖的大牢。然而，他並沒因此懾服，投向被權力和諧後的輝煌，而是持續以鋼鐵般的意志，朝自認為粗獷不羈的詩路前進。在以前或者現今，這種「詩如其人」的精神堅持，都是不容易做到的，說它是難得的品質，亦無不可。

此外，我還發現到新的事實，洋溢在何郡詩歌中的銳氣與豪情，並未因隨著時間的推移，而有所減損或降低。毋寧說，它已轉化為另一種較高的藝術性，用藴藉的表現形式來反映自己的愛與憎，縱然如此熾熱的情感，一時不被現代的讀者接受。但是，我推測他的思惟，他依然把詩歌作為思想的武器，藉由這個特殊的武器，要掃除掉長年積壓心底的塊壘。就此而言，收錄於這本詩集裡的政治抒情詩，以及旅外見聞風情的詩作，比之前更具功力了，篇幅也增加了許多。在他的創作理念看來，詩人必須勇於表達自己的政治立場，必須與時俱進地書寫。詩歌，就是反映政治社會的鏡子，既要與歷史的鏡子相映，也要鑑照自己的良知。

從這個面向來看，當我們翻閱《永遠不敢伸出圍牆》這本詩集，即能藉此時刻的安排，重新看見發生在臺灣政治史上的光明與黑暗，適時地把我們從庸常的生活中喚醒過來，再次凝視臺灣母國經歷過的烈日風雨。而且我知道，何郡始終相信並守住這個信仰：「真誠的詩歌具有這種力量，一種足以抵禦時間消蝕的神奇。」

進言之，在這本詩集中，我們終於有機會發現其政治抒情詩的火花，生命路途中的自況，尤其在描寫風景和敘述情感，或激情澎湃，或筆力遒勁，或淺嚐低迴，或憤怒吶喊，無不全收納於這詩集的海洋裡。

最後，我謹以《掌握詩刊》同仁的身份，作為與之共同奮鬥的思想戰友，用如此有限的文字概括他的詩歌成就，並期待今後他的詩歌火山中的岩漿繼續噴發，正如他珍愛的詩句：

「熾熱的熔岩已開始歌唱」。

是為序。

CONTENTS

## 輯二　跪出一身賤骨頭



## 輯三　紅標米酒

## 輯四　你我皆風景

## 輯五　日本北海道組曲及其它



**後記**　

# 序詩　自勉

一條洶湧奔騰的河
一條永不復返的河
我們定在斷崖分手
沒有選擇躍入深淵

一條荊棘難行山路
一條永不復返山路
我們將在峰頂交會
寫出人間喜怒哀樂

# 輯一

# 永遠不敢伸出圍牆

# 永遠不敢伸出圍牆*

你們千萬不可將茂盛枝葉
伸出圍牆

我只允許你們向內發展
偶爾，許可你們掉落一些枯葉到牆外

你們永遠要記住，每年的十月
我會更嚴厲再次修剪你們

不管你們如何反抗
我一定要你們——永遠不敢伸出圍牆

二〇〇〇年十月十日，台北

※注：台灣尚未解嚴時期，每年的十月一到，臨近總統府的重慶南路的圍牆內一棵棵高大榕樹，皆會被截去濃密的樹枝及葉子，不准橫向重慶南路，以免遮掩朝向總統府的視線。戒嚴時期，獨裁者禁止人民組黨、集會或遊行。人民就猶如被截去枝葉的榕樹，僅可在圍牆內伸展。

# 台灣香蕉

數十年來，你堅持只賣一種水果——台灣香蕉
你喜歡那濃郁撲鼻的香氣
如你那被生活壓彎的背脊

對香蕉你情有所鍾，總認為它是全世界最優質水果
最能體現台灣水果先鋒，展現台灣人堅韌生命力
它看似彎腰，但堅持不折腰

你愛它就如愛我們美麗的島嶼
永遠堅持背向台灣海峽
朝向浩瀚的太平洋，勇敢向前邁進

二〇〇〇年十一月二十五日，台北

# 冰封千里*

## 之一

冰封千里
看不見北國的春天
所有生機都偃息
所有訊息被封鎖

黃河已沒源頭
河口已被冰封
城鎮已無網絡
山河如披喪衣

二〇〇三年三月十七日

※注：據中國二〇〇三年三月四日「中新社」報導指出，截至元月三日，黃河封凍總長度達一千兩百三十三公里。由於氣溫持續偏低，黃河冰封千里，出現歷史少有的大範圍封河封山的現象。

## 之二

冰封千里
把龐大的中國凍僵了
人民無法返鄉
火車無法啟動
飛機無法起飛
汽車無法行駛
輪船無法航行

波浪般人潮
一一被困在驛站

推啊、擠啊、打啊、罵啊、哭啊
亂成一團
一波波武警也出來鎮壓

千里冰封
把龐大的中國凍結了
中國，像綑在千年冰城裡的巨龍

二〇〇八年二月三日

※注：二〇〇八年春節前夕，在中國大陸以湖南及其周邊省市為主大面積發生了百年不遇的大雪災。受雪災影響的省／市／自治區已達二十一個，主要為華中及華南地區，受災人數約一億。受其影響公路冰雪封路，鐵路電網供電中斷，南下北上的交通幾乎中斷，京珠公路，京廣鐵路及其沿線大量火車，汽車滯留或被困途中，飛機也無法起飛、降落，降雪未停。數以百萬計的旅客回不了家或被困在路途中過年。

# 你信誓旦旦*

你信誓旦旦
要以民意為依歸
當全民總統

五二〇你一登寶座[①]
身軀馬上矮了半截
島嶼似乎有不可預知風暴隨即撲來

紛擾不安島嶼，政客更加猖獗橫行
你一心想解除危害子孫的「核四」[②]
卻引來重重政治危機的「核爆」

反對黨迅速組成「在野黨聯盟」
準備聯手罷免僅就職五個月總統的你
他們以為聯手罷免你，就可「護憲」救台灣

二〇〇〇年十一月二十日，台北

※注：

①五二〇是台灣總統就職日，民進黨因此居立委選舉結果國會未過半數。造成朝大野小的窘境局面。

②「龍門核能發電廠」是台灣新北市貢寮區一座的核能發電廠，為台灣第四座核能發電廠，其原名簡稱「核四」。

# 那些星星們*

那些星星們
曾帶領部隊，早晚大呼口號
退休沉寂幾年後
不甘寂寞連袂到中國
與共軍將領舉行論壇

那些星星們
早已忘記
那義憤填膺的口號——
「消滅萬惡共匪！殺朱拔毛！」
「解救我苦難的大陸同胞！」

那些星星們
每月準時領到優渥18％退休金

想探親
即可返鄉住上幾個月
享受天倫之樂

那些星星們
早已忘記對岸獨裁者
一千多枚飛彈
對準曾撫養他們的島嶼

那些星星們
屆時可不告而別
到對岸擔任戰略顧問
協助獨裁者
如何毀滅曾哺育他們的母親——台灣

二〇一一年六月二十五日，台北

※注：據《自由時報》二〇一一年六月九日，記者羅添斌報導：台灣二十一位國軍退役將領到中國與共軍將領舉行「中山·黃埔　兩岸情」論壇時，傳出有國軍高階退役將領口出「今後不要再分什麼國軍、共軍，我們都是中國軍隊」的失格談話。引起朝野譁然，同聲譴責。

## 和平的曙光*

——致二〇一〇年諾貝爾和平獎中國異議人士劉曉波先生

獨裁者
長期禁錮你虛弱身軀
卻無法封鎖你
日夜奮力飛翔思想

你苦心思維的憲章
穿越獨裁者銅牆鐵壁
一見陽光
立即化為億萬和平曙光！

二〇一〇年十一月一日，台北

※注：

劉曉波（一九五五年十二月二十八日～二〇一七年七月十三日）中國作家，著名政治犯。曾參與八九民運，二〇〇八年發起《零八憲章》。六四之後著書立說呼籲政治改革，長期以來以非暴力方式希望爭取中國基本人權，多次被捕入獄。最後一次是在二〇〇九年被獨裁者控煽動顛覆國家政權罪，判處有期徒刑十一年，剝奪政治權利兩年，在遼寧省錦州監獄服刑。二〇一〇年挪威諾貝爾和平獎委員會將諾貝爾和平獎授予劉曉波，以表彰他長期以來以非暴力方式在中國爭取基本人權，是唯一至死未能領取諾貝爾和平獎的得主。

※新注：

就在本詩集籌備出版之際，從媒體得知，「二〇一七年六月，劉曉波因確診患上為肝癌，病危獲准保外就醫，後因多重器官衰竭，經搶救無效病逝，得年六十一歲。並被迅速火化後海葬。」，讓人內心悲慟不已。

# 政治犯集中營

連天空都嚇得啞口無言
連群樹都嚇得掉盡葉子
連草地都嚇得捲曲枯黃

空氣凍結你追求的語言
槍口抵住你抗議的喉嚨
高牆封鎖你飛越的思想

世界最黑暗最孤單角落
活著進來很少活著出去
這裡已沒有人權和尊嚴

二〇〇九年十二月二十五日

# 虎年十行

寒流並未遠颺
春雨夾帶冷意

對岸虎視眈眈
此岸民不聊生

新春的寺廟
擠滿祈福人潮

政客也來軋一腳
發紅包，說大話

總統府昏君仍在酣睡
夢想二〇一二即將到來

二〇一〇年二月二十一日，台北

# 經國先生逝世十三周年

刮冷冷的風，落冷冷的雨
外省二代菁英不約而同
來到桃園大溪頭寮[1]
一個執政台北首都的市長[2]
一個另起爐灶的在野黨主席[3]
一個卸職準備參選立委蔣家子弟[4]
一前一後，陸續來到

情緒失控的市長跪在黑色棺柩前
哭訴該黨失去執政權的痛楚
冷淡平靜的新任黨主席依然是那熟悉三鞠躬禮
面對記者侃侃而談——
「新政府應面對現實，組織聯合內閣的可能性。」[5]

蔣家子弟娓娓細訴——
「自己如何在困境中成長，為了認祖歸宗卻繞走五十年，今才
終得心願。」

吹冷冷的風
下冷冷的雨
已看不見昔日文武百官爭相陪同謁陵
已看不到昔日人民排隊擁擠磕頭膜拜
二〇〇一年一月十三日⑥
桃園大溪頭寮，一片冷冷清清
啊，惟有經國先生孤寂地沉睡在黑色棺柩裡

二〇〇一年一月十三日，桃園／大溪

※注：

①奉厝第六、七任總統蔣經國遺體靈寢之處。

②台北市長為馬英九。

③親民黨首任主席宋楚瑜。

④蔣經國與第二老婆章若亞所生的雙胞胎大兒子章孝嚴，最後認祖歸宗改名為蔣孝嚴。

⑤新政府係指剛當選總統的陳水扁。

⑥一月十三日是經國先生的忌日。

# 嚴冬，依然籠罩我們島嶼

啊，太陽雖然出來了
嚴冬，依然籠罩我們島嶼

二〇〇八年五月政黨再度輪替
經濟沒馬上好轉
卻馬上變壞
舉家大小燒炭自殺事件接踵而至

許多大大小小公司、工廠紛紛倒閉
有的裁員、有的減薪、有的放無薪假
為了生活，有的改行作腳底按摩和擺地攤
街頭、公園、車站，出現許多流浪漢

馬政府為挽救蕭條低迷的經濟
大肆補助各縣市「擴大內需方案」五八三億元
全國不分男女老幼，貧賤富貴
每人一律發放三六〇〇元消費券

我們馬總統
為鼓勵大家能多消費
在眾多官員擁護陪同下
購買禦寒的外套、毛帽、圍巾，當街試穿

而今年冬天似乎特別冷
冷得大家都躲在家裡不出門
據新聞報導
昨夜又凍死許多人

啊，陽光雖然出來了

嚴冬，依然籠罩我們島嶼

二〇〇九年一月十一日，台北

# 達賴喇嘛*

是因為說到自己心靈深處
你眼淚難以抑制地流下來
多少異域日子在顛沛流離
去國懷鄉多年
仍無法和純樸子民生死與共

雖有崇高諾貝爾和平桂冠的加冕
但終究不是你一生想望
幸好，這世間有慈悲智慧的佛陀支持
無論你在世界每一個行腳
都有你談經論典與弘法之處

二〇〇一年四月六日，寫於桃園

※注：

二〇〇一年四月六日，首次來台灣的達賴喇嘛，在桃園向信眾開示《菩提心的功德》。一時憶起「龍樹菩薩」、「無著菩薩」等賢哲們的菩薩心，頓時深受感動而掩面涕泣，久久無法自已。

※新注：

二〇〇八年十二月四日，身為台灣領導人的馬英九竟在國際記者會上表示：「目前時機不適宜」。婉拒西藏精神領袖達賴喇嘛再度訪台弘法，有損台灣是一個宗教自由，民主自由的國家。

# 銅像

威權時代
所有的銅
都被拿去鑄造銅像
有坐
有站
有拿拐杖
有拿長劍
種類之多，目不暇給

所有公園
所有機關
所有學校
所有圓環路口
都被銅像佔領

戒嚴時期
你若不小心
忘記向銅像鞠躬
也許被當成異議份子
而被莫名關入黑牢

如今威權不在
這些銅像
有的被解體分屍
有的被安置銅像集中營
有的被隱藏黑暗倉庫
它們都在等候時機
準備復出，重現江湖

二〇〇〇年三月二十四日，桃園

# 廣場

一、

偌大宏偉的廣場
矗立高聳人民紀念碑
這到底代表什麼？
這到底紀念什麼？

而悲苦善良的人民
仍在巨碑陰影下，被深深壓抑
不敢接近自由
不敢提及民主

人民在仰望
人民在寄託
那正義的陽光，那無畏的風雨
再次降臨這屬於人民的廣場

二、

這偌大廣場
在六四那一晚
一群充滿民主理想的年輕人
被突來凶猛的坦克一一壓碎

這宏偉廣場
在六四那一晚
來自各地純樸善良的人民
被獨裁者用無情的機槍掃射

事隔多年，血淚雖不見了
然在初夏冷冷北風中
仍清楚聽見他們在高聲吶喊——
「還我民主啊！還我血淚呀！」

二〇〇〇年六月四日

# 蝴蝶圖騰*

圖案是蝴蝶展翅飛翔之姿
身軀是以台灣蕃薯為背景
兩對翅膀的色彩——
上方是黃金
下方是黑金

上下長短不一的觸鬚
彷彿要撥開層層烏雲
啊，蝴蝶
你承受如此之重
台灣真能起飛嗎？

二〇〇〇年一月一日，台北

※注：二〇〇〇年中國國民黨競選台灣第二屆民選總統所使用的文宣圖騰。

# 二〇〇〇年五二〇前後

## 之一　五二〇前

——台灣第二居民選總統投票前夕

清廉對抗黑金
清流對抗濁流
團結對抗分裂
光明對抗黑暗

請勇敢站出來
不要躲在陰暗角落哭泣
請勇敢走出去
陽光已遍灑島嶼

請勇敢站出來，心連心
請勇敢走出去，手牽手
勇敢堅強的台灣人民
用選票把腐敗政權推翻！

## 之二　五二〇後

——二〇〇〇年台灣首次政黨輪替

悲情舊時代走了
希望新時代來了
今天之前，被黑暗籠罩
今天之後，光明將降臨

揮別昨日陰霾
迎接今日喜悅

不再躲陰暗角落哀嘆
正義陽光已遍灑島嶼！

二〇〇〇年五月二十日，台北

# 二〇〇一年三月台灣

一陣突來的暴雨
刷洗城市沈積已久塵埃
五光十色令人沉迷霓虹燈
依舊倒影在濕滑路面
街上稀疏人影走得快速而踉蹌
深怕背後有黑手暗中搶奪殺害

國會為核四爭議，已喧囂半載
投資撤走、股市不振、人民失業…
自殺如浪潮般湧來
心理學家一再呼籲：「珍惜生命！」
日本畫家小林善紀《台灣論》，為統獨爭議加溫[1]
嗜血的媒體，不斷爆出八卦和不實傳播

對岸獨裁者一千多枚東風飛彈
在沿海各省不斷增強部署
一群政客吃相越來越難看
新總統的聲音，越來越微弱[2]
啊，這島嶼，只有陽光公平
許多不公不義正在醞釀，準備反撲

二〇〇一年三月二十九日，台北

※注：

①《台灣論：新傲骨精神宣言》是日本漫畫家小林善紀的漫畫作品，作者試圖以台灣這個在東亞仇日風潮中的特例來說明戰前日本以及愛國主義的偉大，由於其取材角度的偏頗而引發台灣統獨兩派爭議之波瀾。

②新總統為台灣民選總統陳水扁。

# 圍城*

## 之一

陳雲林來了
趕快把國旗藏起來
陳雲林走了
趕快把國旗掛出來

把台灣自主割讓
是馬政府
把台灣人民踐踏
是馬團隊

青天白日圖騰
日漸消失在這島嶼
耀武揚威的五星旗
卻在這土地升起飄揚

## 之二

暴風雨來了
一切尚未準備就緒的執政黨
一路敞開台灣大門在歡欣鼓舞
迎接一個長期獨裁統治人民的國家

暴風雨來了
五星旗專機大搖大擺降落台灣桃園機場
不知民間疾苦的執政黨鋪長長紅地毯
黨政官員大擺陣仗，夾道列隊歡迎

把機場周邊淨空！
把高速公路淨空！
把台灣人民淨空！

暴風雨來了
把中華民國國旗收起來！
把台灣本土歌謠禁起來！
把抗議台灣人民抓起來！

暴風雨來了
平日自由來去的街頭
已被層層鐵絲網封鎖
從四面八方而來鎮暴警察
如海浪般蜂擁而至
把善良台灣人民團團圍住
用警棍不分青紅皂白
殘暴敲打在人民身上

暴風雨來了
政客和奸商在層層警察和情治人員保護下
在華麗的大飯店內大肆飲酒作樂
我們用民主選出的總統
竟沒尊嚴的被稱呼「您」
我們選出的台灣總統
卻自貶自稱是「馬先生」

暴風雨來了
人民痛苦隨之而來
為下一代幸福和尊嚴
勇敢台灣人民站出來！走出來！
再次把無能腐敗的政權推翻！

二〇〇八年十一月六日，台北

※注：二〇〇八年十一月六日馬英九原訂下午在台北賓館接見中國海協會會長陳雲林及兩岸兩會協商人員，受到昨晚陳雲林在晶華酒店遭民眾嗆聲抗議，受困近八小時的影響，「馬陳會」提前到十一時舉行。陳雲林致贈世界畫馬大師一幅駿馬畫作時，只說「我把這幅畫送給您」，始終微笑致意，並未稱呼馬總統。

# 誰將島嶼傾斜

誰將島嶼傾斜？
誰將島嶼撕裂？
誰將島嶼貧瘠？
誰將島嶼不安？

你一心傾中，
你無心愛台，
人民將奮起，
腐敗無能者必敗！

二〇一一年十二月二十二日，台北

# 伊拉克戰爭詩抄

## 之一　問起你的家在哪裡？*

（一）

從沙漠地層下噴薄出來是黑色石油的火焰
從你和親人頭部、手臂、雙腿噴出是紅色血液

你們手中武器，仍是五〇年代步槍
絕對無法抵抗聯軍堅固坦克、精銳機關槍、精確飛彈等先進武器

你們所住土地和房舍
被隱密敵機的炸彈翻攪多次

你們仍赤手空拳，聲嘶力竭高喊：「誓死效忠海珊總統！」
雖然背後是烽火連天，侵略者的戰車已逼近，已包圍

（二）

問起你的家在哪裡？
你悲傷地說，「早已被夷為平地。」
問起你的家人在哪裡？
你哀傷地回答，「都死在聯軍不長眼睛的炸彈裡。」
問起你將何去何從？
你肯定地回答，「只有拿起槍，逐退侵略者，死也要死在自己土
地上！」

二〇〇三年四月六日，寫於台北

※注：從電視新聞報導，英美聯軍已攻佔「海珊國際機場」，且節節逼近巴格達市區僅剩六公里。看英美聯軍一路殺戮，如入無人之境。伊拉克人民驚惶的臉孔，溢於言表。我反對海珊的獨裁統治，但伊拉克人民回答記者的畫面，卻讓人印象至為深刻。

## 之二　一回眸

——描寫戰火中的伊拉克

一回眸，透過門窗的掠影，浮貼在世界某個角落不可預知的風暴
遠方激烈戰火雖停息了，但至今仍有反抗的零星戰火從各地響起
數千年前築起的歷史文化殿堂，震垮在英美高科技飛彈炮火之下
而暗自垂淚

獨裁者及其黨羽，一夕之間都不見了
所謂精銳「共和部隊」，皆紛紛丟下機槍、大炮、飛機、坦克
立即換上便服，都不見了。整座城市空蕩蕩，彷彿死城
偶爾，竄出被炮火紋身的小孩尖叫聲

這世界，到了二十一世紀
不該還有戰爭、還有流亡、還有獨裁者、還有侵略者
這世界，應該只有和平的煙火，沒有殺戮的戰火

二〇〇四年四月二十二日，台北

## 之三　轟炸*

振翅高飛
高速隱蔽的飛行黑鳥
投擲下來，不是一包包糧食
而是一顆顆精準炸彈

趁黑夜黎明前
高速隱匿的飛行黑鳥

拋擲下來，不是一包包救濟品
而是一枚枚精確飛彈

二〇〇一年十月十五日

※注：二〇〇一年十月八日凌晨，英美聯合對包庇「九一一」恐怖主嫌奧薩瑪・賓拉登的阿富汗首都「喀布爾」進行轟炸。

## 之四　反戰

——描寫美國婦女反對布希總統出兵伊拉克

以裸體「LOVE」字型
躺在冰天雪地上
表示反戰！

寧可現在受凍
也不願深愛的男人
戰死沙場！

二〇〇三年二月一日，台北

# 東風組曲*

一、

強勁野蠻的東風
一次又一次在耳際咆哮
眼前電視畫面不斷出現
解放軍在東南沿海演習登陸的消息

民主時代，耳朵該交給誰？
自由時代，眼睛該交給誰？
惟有交給自由意志的手
選出真正代表人民心聲

槍桿子能出政權嗎？
啊！不，要問人民同意不同意

二、

這東風，猛烈強勁可摧毀我們美麗家園
這東風，在對岸沿海秘密部署，彈頭皆對準台灣
這東風，那一天我們若不順從，會立即毀滅我們
這東風，長期蠻橫霸道，高壓民主，獨裁統治人民

島嶼一些見利忘義的政客
拋棄含辛茹苦的母親，盲目往對岸歌功頌德
助長獨裁者東風的威力，讓母親日夜驚惶
如果有一天，野蠻東風怒吼了，母親將籠罩暴風圈裡

三、

這東風，日夜秘密不斷衍生，不斷增強
逐漸推進海峽，射程涵蓋台灣島嶼，整個東亞，甚至美國

對岸獨裁者不時釋放「兩岸一家親」甜言
然東風仍不斷增強威力，並嚴密監視我們一舉一動

台灣領導人一廂情願，肆無忌憚開放兩岸通商、通航、通郵
我們天空，我們海上，我們土地，已然佈滿敵人的網絡

二〇〇九年四月五日，台北

※注：二〇〇八年三月三十日《自由時報》轉述美國《華盛頓時報》引述美國國防部日前公佈「中國軍力年度報告」中指出，中國約有一千零七十枚飛彈對準台灣，包括「射程、準確度和彈頭載量」均經過改良的飛彈。解放軍已在台海對岸部署「東風十五」與「東風十一」短程飛彈瞄準台灣。

## 輯二

# 跪出一身賤骨頭

## 跪出一身賤骨頭

依然喜歡緊握麥克風
依然說得口沫橫飛
依然批評執政黨的不是

人民依然不相信
依然不相信你
會深愛這土地

以前你用哭的
騙了不少選票
現在你卻用跪的——跪出一身賤骨頭

二〇〇四年一月二十三日，台北

# 一個政客的下場

已對你說清楚
已對你講明白
你依然不放過我
一路封鎖我
一路追擊我

過去對你忠心耿耿
如今化為煙消雲散
我苦苦哀求你能高抬貴手
你卻要我繳械投降——
要我回到陽光燦爛的美國加州抱兒孫

二〇〇〇年一月二日，台北

## 你關愛眼神

——記總統府某一資政

你關愛眼神朝向我
我渴求眼光面對你
以為你會對我熱情擁抱
我大張雙手迎合過去
突然，你重重賞我一巴掌
摑在我柔順又聽話的嘴臉上

二〇〇〇年十月二十七日，台北

# 我們黨主席

## 之一

我們黨主席頭綁紅絲帶，像乩童
他始終無法擺脫過去失敗陰影
嚴厲批判與他競選的對手
昨日他錯誤的決策
今天忘得一乾二淨

我們黨主席雖曾總統大選失敗
依然放不下傲慢身段
依然沒徹底謙卑反省
現在他唯一能做就是犧牲色相
頭綁紅絲帶，當個臨時演員

## 之二

我們黨主席以為頭綁長長紅絲帶
帶領大家呼喊口號，就可重振黨魂
我們黨主席以為用孫中山遺照之手
直指我們，就可喚醒黨魂
我們黨主席以為播放蔣經國生前濃濃浙江口音
就可提醒我們團結

我們不食人間煙火的黨主席
依然喜歡活在虛偽掌聲裡
每天西裝革履，在幕僚層層護駕下
高傲地進入高聳中央黨部
批示堆疊如山的公文
並研擬如何批判剛取得政權的執政黨

我們黨主席雖曾總統大選失敗
但還值得慶幸的是——
我們黨主席以不費吹噓之力
就把難纏的前主席逼退
從此我們黨主席可高枕無憂
從此我們黨主席可掌握黨之大權

昨天
我們黨主席趁全台灣忙著搶救風災之際
撤銷了前主席黨籍
他認為前主席已嚴重傷害了黨
雖然曾領導我們的黨足足有十二年

二〇〇一年十月一日，台北

## 政客的文宣

政客的嘴臉
在大街小巷飄揚
旗幟寫滿仁義道德
以為這世界沒有他就會滅亡

政客的嘴臉
一張張在地上被踐踏
以前他大聲疾呼的諾言
從來沒有實現

二〇〇一年十一月二十五日，台北

# 政客當市長的時候

政客當市長的時候
斥資蓋一座大型運動場
說什麼喜歡運動的市民有福了
不必跑到遙遠的台北市

政客為了參選立法委員
在運動場上舉辦萬人募款餐會
一夜之間
綠油油草坪，全被踩成禿頭

二〇〇一年十二月一日，台北

# 政客在颱風天

政客在「敏督利」颱風天
與歌手大跳爵士舞
他身穿深藍西裝
被突來大雨淋濕
卻望向淚眼的天空，大聲吶喊：「遇雨則發啦！」

今天他趁颱風未來之前
身穿連身雨衣雨鞋
邀請大批媒體記者擠進地下排水道
手指牆壁，高興地說——
「今年台北，肯定蟑螂會不見。」

今天七月一日
香港回歸中國七週年
逾五十萬香港人民
頂著烈日大遊行
齊聲高喊：「還政於民！全民普選！」

二〇〇四年七月一日，台北

# 背負七百萬民意

背負七百萬民意
獨排眾議簽辱約
人民悲苦不理會
統一大夢搶第一

二〇一〇年四月五日，台北

# 政客站在群眾前

政客站在群眾前
滿口仁義道德
背後卻做盡傷天害理

為同黨候選人站台
依舊滿口油腔滑調
看似一身清高，內心卻充滿權謀私慾

時間是政客還原劑
屆時攤在陽光下醜態
一一無所遁形

二〇〇四年十月十六日，台北

## 那最終的理想

——給民進黨的政客

那最終理想
只有開花，沒有結果
還不到八年
短短五年，就這麼凋謝

前輩為民主奮鬥的血淚未乾
就這樣被你揮霍殆盡
讓人民對你徹底失望
讓人民對你失去信心

政客啊政客
為什麼你還不覺醒

台灣民主前輩先賢

都在憂心！都在哀嘆！

二〇〇六年三月十二日，台北

# 你口若懸河

自從你上次大選
被兩顆不明子彈擦身而過
每次選戰南征北伐，為同黨候選人助選站台
你身邊維安人員明顯增加
五步一崗哨，有穿便衣，有著制服
現場充滿緊張氛圍

你和人民距離越來越遠了
你的臉龐也越來越模糊了
你嗓子依然洪量，依然那特有台灣國語口音
你背離人民理想越來越遠了

而現在我們只能在電視機前
看清楚你那口若懸河的面目

二〇〇四年十二月十日，台北

# 你紅*

——據報載「中共軍委會主席江澤民緊握權力不放」有感

你紅，紅到你黨政軍權力集於一身
你紅，紅到你每到之處
皆以長長紅地毯隆重迎接你

什麼時候？你才會卸下軍權
什麼時候？你才會放下一切
好好回顧神遊你曾領導的江山

千萬不可緊握拳頭不放
到時，你將被人民的洪流沖走
到時，你將被你的黨嚴厲批判

二〇〇四年九月十四日，台北

# 政治妖姬

## 之一

妳那兩顆巨乳
雖沒哺餵過嬰孩
卻哺育不少政客

妳那兩顆巨乳
隨年紀增長而逐漸下垂
還差點被誤為乳癌，險遭切除

現今啊
妳那兩顆巨乳
依然神氣活現，搖晃在政客名流前

## 之二

妳沒有始終如一的愛情
說換就換，從不拖泥帶水
愛情如妳善變的心
說變就變，令人難以捉摸

年近半百，依然在尋找新鮮愛情
喜歡在政客名流之間
選擇被愛和受寵
大家皆認妳是超級交際花

有一天，妳抽空健檢
發現得到疑似乳癌
竟沾沾自喜大聲說出——
「乳房是女人的社交工具！」

## 之三

那矮胖的女人
喜歡張著大嘴巴，垂著巨乳，露出乳溝
整天在電視台滔滔不絕
嚴厲批判她曾參與的政黨

一生從未受政治迫害
竟大言不慚談論她曾參與民主歷程
現在她坐享民主成果
也幸運進入民意殿堂

邁入中年的她
政客名流逐漸離她遠去
她開始寂寞，開始孤獨，開始餵養貓狗
舔她從內心深處汩汩流出穢物

## 之四

妳說，「人到中年，一切都開始下垂。」
包括：眼皮、乳房、肚皮、臀部……

妳深深體會青春難回
為自己慶幸找回自我

只是妳那大嘴巴
依然喜在媒體喋喋不休

二〇〇四年十二月二十六日，台北

# 慶祝建國百年*

## 之一

說什麼建國百年要慶祝
說什麼精彩一百要歡樂
十月天空，總統府上空飛越幾架老式戰機
狹窄街道，通過幾枚展示飛彈和裝甲部隊

你說十月天空是屬於藍色的
然你內心深處始終嚮往那紅色原鄉
你從來不曾對人民說過一句真心話
卻騙取大家對你信賴與支持

你不曾疼惜這土地和人民
在純樸人民面前，盡在作秀
綠色是南方希望之源，是島嶼最後一塊淨土
你卻刻意忽視、迴避，甚至遺棄

你說建國百年一定要精彩，一定要慶祝
一定要把衰敗的首都，遍植千花百草
你說未來十年兩岸離散兄弟會握手言歡
而你從不曾好好孝敬含辛茹苦養育你的母親——台灣

二〇一一年十月十日，台北

## 之二

我們為懷念列祖列宗
用紙錢燒給天國祂們

你們為建國百年國慶晚會
兩天燒掉人民納稅血汗錢二·一五億

我們以紙錢緬懷祖先
你們卻用台幣焚燒「夢想」

二〇一一年十一月二十日，台北

※注：馬政府為慶祝百年慶典晚會的《夢想家》音樂劇，兩個晚上燒掉二·一五億元，可說是全世界絕無僅有最貴的歌劇，引起藝文界一片嘩然批判。

# 植樹節

三月十二日，這一天
植樹或不植樹
紀念或不紀念
對我們已不重要
我們早已忘得一乾二淨

政治不穩定
經濟不景氣
工作更難找
生活越來越困難

偶爾，從電視畫面閃出
一群緊抓鏟子
不會種樹的政客

二〇〇九年三月十二日，台北

## 黑白不分*

一個組頭
一位總統
在陰暗角落密會

在談些什麼呢？
在談國家大事嗎？
在談民生經濟嗎？

這是什麼時代？
這根本是黑白不分
這根本是不公不義

而人民往何處去？
左邊是洶湧台灣海峽
右邊是浩瀚的太平洋

二〇一一年十一月二十六日，台北

※注：據ＴＶＢＳ周刊報導：「九月初馬總統下鄉嘉義，透過市長黃敏惠牽線，密會國內操控賭盤，曾涉及職棒簽賭案的地下組頭陳盈助。敏感時刻，總統「過去」一度密會黑金組頭，引發爭議。

# 像豬叫一樣難聽*

——記五〇年代的台灣歌謠

你唱的歌，那麼好聽
你作的詞，那麼動人
獨裁者認定你歌曲內容有問題
獨裁者審查歌詞大量刪改並禁唱

從此，台灣的歌不像歌，詞不像詞
從此，臺灣的歌逐漸銷聲匿跡
從此，你唱的歌
像豬叫一樣難聽

二〇〇〇年一月十二日，台北

※注：

據台語資深作曲家林二先生，在公共電視台有關臺灣歌謠節目中提到，在二二八事件後，五〇年代台灣歌謠有一首〈四季紅〉，其中因有「紅」一字，即被認為紅色代表共產黨，於是被改為〈四季謠〉，解嚴後才恢復原來的歌名。

另一作曲家〈飼鴨姑娘〉作者周宜新先生回憶談及：「在那個年代，幾乎沒有台語歌曲，全部要用國語才能發表歌唱。即使到了六〇、七〇年代，電視台一星期限制九首台語歌曲可唱。」

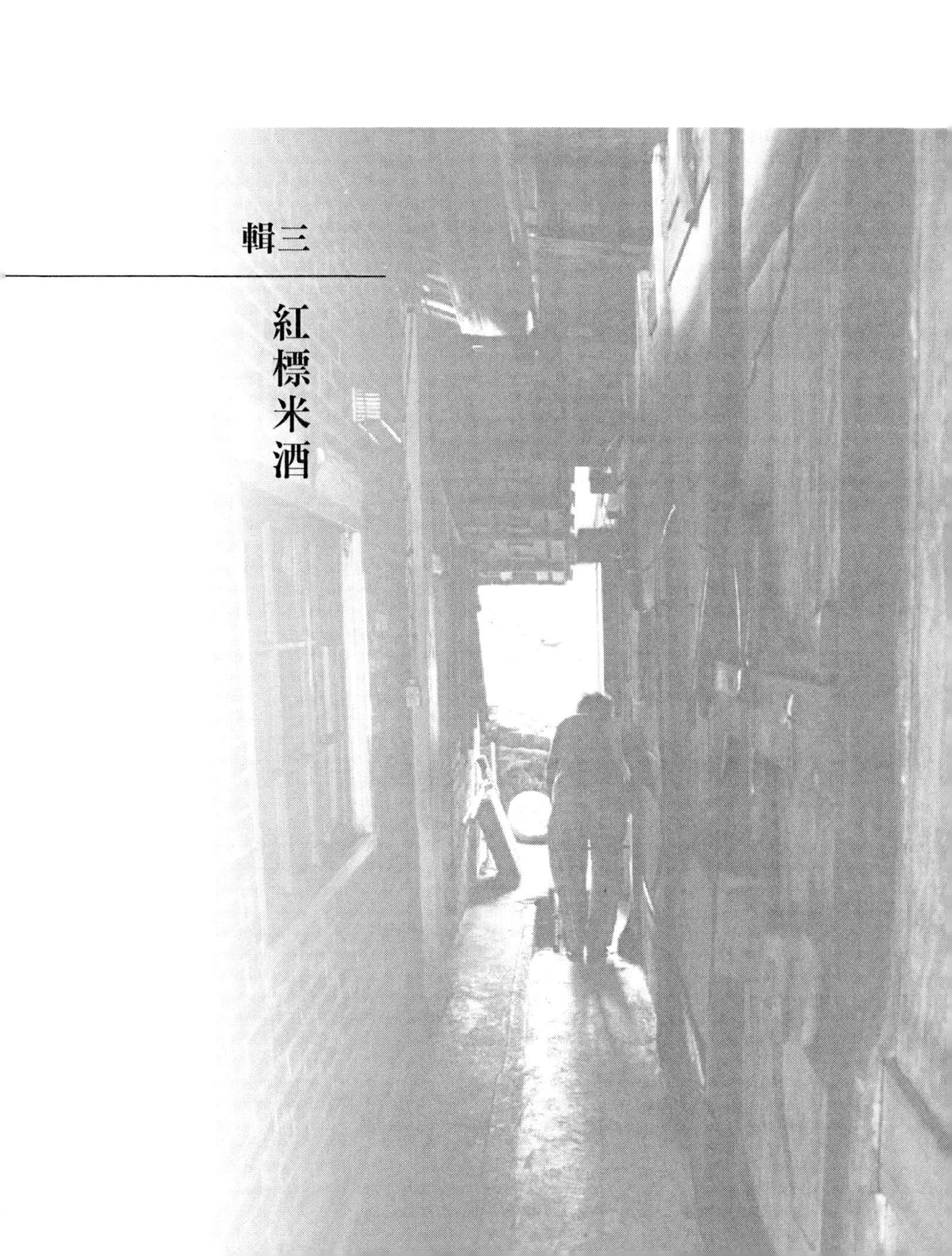

# 輯三

# 紅標米酒

# 紅標米酒*

我們馬總統
得意洋洋拿著紅標米酒
從北到南
到處宣揚這三年政績
他批評前執政黨無法做到
他終於辦到了

米酒雖降價了
但其他物價卻漲價了——
房子漲價了！
牛奶漲價了！
油電漲價了！

瓦斯漲價了！
車票漲價了！

漲！漲！漲！漲！
漲！漲！漲！漲！漲！
所有物價都漲價了
只有我們薪水沒漲

我們馬總統
卻沾沾自喜手握紅標米酒
到處宣揚這三年政績
為了二〇一二能競選連任
我們馬總統
越來越像「公賣局長」

二〇一一年十一月十七日，台北

※注：馬英九執政後，此事成為馬英九當總統時最得意的政績，每次出場的選舉活動必講，被稱為「米酒總統」也無所謂，但其他民生用品都大量漲價。

# 七海官邸*

妳長年沉浸七海官邸寂寞裡
雖活到九十高壽
一生仍聽不到飄揚快樂的濤聲

日子總在陰暗天地裡度過
像生長的故鄉，那冰封千里世界
妳對它逐漸陌生，而故鄉早已忘記妳

妳悄然離開人世
只是再次提醒我們
官邸裡曾住一位深宮怨婦

二〇〇四年十二月二十一日，台北

※注：「七海官邸」位於臺北市大直是已故總統蔣經國的總統官邸。因官邸警衛室代號為「七海」，也稱為「七海寓所」。

# 打開窗門

打開窗門
家的門前
已被大量土石擋住

打開報紙
自殺、搶劫、販毒、官員下台、股票下跌
藍綠政黨惡鬥、中國解放軍在沿海模擬攻台演習
國際恐怖份子橫行，充斥報紙整個版面

打開窗門
看不見故鄉美麗的遠景
而是滿目瘡痍的水鄉澤國

打開報紙
看不到溫馨感動的新聞
卻是觸目驚心的親情殺戮

二〇〇一年九月十九日，台北

# 民雄酒廠

一座酒廠
能屹立百年
是因為當地人文長期醞釀
你從遠方來
是風聞它傳遍千里的芳香

而飄揚千里的香醇
就在你扭開傾注剎那
每一瓶美酒誕生
早就為你準備好——
那溫潤人間的美味！

二〇〇五年四月五日，嘉義／民雄

# 醉與碎

## 之一　醉

一個醉的世界
沒人清醒！

一個醉的島嶼
利慾薰心！

一個醉的女人
任人蹂躪！

一個醉的警察
丟失了槍！

一個醉的流氓
當眾開槍！

一個醉的教授
當街裸奔！

一個醉的政客
亂修法律！

一個醉的政權
黑金閃閃！

## 之二　碎

一個碎的世界
恐怖橫行！

一個碎的土地
難以癒合！

一個碎的山河
土石擋道！

一個碎的家園
親情離散！

一個碎的教育
樹人難成！

一個碎的社會
正義難伸！
一個碎的民心
四處逃竄！
一個碎的政府
聯合內閣！

二〇〇〇年十一月二十八日，台北

# 理髮二題

## 之一　理髮

遊走頭顱的剪刀
讓遍地
皆是白髮

沒有留戀
統統
掃進垃圾桶

趕快抓緊青春
在未全白髮際
抹上撲鼻髮油

啊，青春值許？
半生
皆在苦樂中擺渡

## 之二　吹風機

發出轟鳴之響
吐出烘熱之氣
讓濕髮回乾
讓亂髮柔順

早晚
對準不安的頭顱
讓怒髮伏貼
不再反抗

二〇〇九年七月九日，新北／土城

# 肉毒桿菌*

即使妳臉龐塗抹許多粉餅
也無法掩飾被歲月雕刻痕跡

千萬別笑太大力
粉屑會從妳臉龐如雪花紛紛飄落

別再注射什麼「肉毒桿菌」了
沒有抹粉的妳，在陽光下依然美麗動人

二〇〇二年十一月十日，嘉義

※注：美國科學家曾於一九二〇年代發展純化的肉毒桿菌素技術，美國政府於一九四〇年代因戰爭的關係，嘗試把肉毒桿菌素製成一種生物戰劑，此一嘗試後來失敗，但製造肉毒桿菌素的技術卻越來越成熟，漸被現代愛美者廣泛使用。

# DNA

一體成形
沒有任何加工
皆來自我的傑作
不必假借他人之手
你一顰一笑
皆來自我的DNA

二〇〇五年五月十七日，台北／土城

# 在高速公路上

霧，什麼時候降臨？
這來得不知不覺巨大白紗
切開霧燈，讓車清醒
並保持安全距離

霧，只是短暫封鎖
些許驚惶
但不迷失
意志早已抓緊前進方向

霧，什麼時候會離開？
沒人知曉

遲早

定會被正義陽光驅逐

二〇〇一年三月一日，國道一號高速公路

# 基隆八斗子組曲

## 之一　臨窗，借一片光

臨窗，借一片光
傾聽——那風濤、雨濤、浪濤
翻閱你來信，回想我們往事

在不遠處的海上
為生活打拚的漁船
與海衝出人生浪花

## 之二　潮水

潮水日夜愛撫沙灘
拍發陣陣抒情讚嘆

那海上自橫的漁舟
不斷彈跳舞姿

## 之三　貝殼

海的耳環
常遺忘在沙灘

海浪逐次地撲過來
一直想把它搶回大海

## 之四　海浪與雙唇

在城之外
在海之濱
海浪擁吻海浪
雙唇深吻雙唇

蕩漾的青春
甜美的節奏
海浪早已忘記海浪
雙唇早已忘記雙唇

二〇〇三年九月十九日，基隆八斗子

# 清明節三題

## 之一　清明節的山頭

所有墳塚
整年都被蠻橫的野草侵占
所有墳塚，都在盼望
那慎終追遠的子孫
能把這野草剷除殆盡

清明這一天
子孫都聚集在祖先墳塚
剷除所有野草
虔誠獻上
三牲、紅龜粿、五果、清香、紙錢

所有山頭
像理一次乾淨的頭髮
讓子孫清楚看見
祖先原來的面目——
堂號、顯考妣、諱名、幾大房

## 之二　清明祭母

上山，為母墳掃墓
我以刀砍野草
我以火攻群蟻
我以土補墳塚

虔誠獻上
鮮花一束、素菜三盤、水果一籃、冥紙一疊

在淚眼模糊中
彷彿看見母親熟悉影子

下山，細雨紛飛
路上坎坷，泥濘難行
想起這幾年沒有母親呵護
我跌得鼻青臉腫
我摔得骨頭鬆散

啊！母親
願待明年此時
我已更加堅強
不再害怕跌倒

## 之三　只有在清明時節

只有在清明時節
雜草叢生的亂葬崗
才顯得熱鬧些

那不經意的風，時而低吟
還有那一群野鼠
在墳裡築起愛巢

如此死寂世界
那躺在墳裡的人
不再煩憂人間風雨

二〇〇四年四月四日，嘉義

# 花蓮

## 之一　清水斷崖

在山的彎口
驚鴻一瞥，是你神秘面紗
攫住我枯竭心靈

在山腳下
迎面是青翠樹海
左側是湛藍海洋

我加足馬力，往上爬登
忽見重重隧道撲來
又見到了花蓮

## 之二　太魯閣

時間之河
把山鑿成壯麗峽谷
陡峭岩壁
長滿堅韌的花草

山與山之間
在永恆對視
時間之河
在兩岸之間吟哦

二〇〇一年五月十八日，花蓮

# 肯定堅持到黎明

## 之一

雪，拒絕烈陽親吻
堅持在山的峰頂
始終不肯下來

雪，獻給峰頂純白的絨帽
要它同心拒絕烈陽的強吻
如此，雪和山才能白頭偕老

## 之二

登上玉山峰頂
地平線切成黑暗和光明
啊，惟有現在
才正視它的壯麗

黑暗即將離去
一個個不滅之火
在台灣玉山峰頂
肯定堅持到黎明

二〇〇三年一月十七日，台灣玉山

# 耳鳴

我頭顱裡
有一吵雜失序的樂隊
我一靜下心
它們就猛烈彈奏

千篇一律，永不停息
有一天，我死了
它們才會解散
解散這難纏的樂隊

# 手機

我走到哪裡
你就緊隨到哪裡
無時無刻，永不分離

我生活作息
我對外聯繫
不能沒有你

即使我睡覺了
手中仍緊握著你
最怕失去你

失去你
我會驚惶失措
我會無所適從

失去你
我耳目會失靈
我人生變漫長

二〇〇九年六月二十日，台北

# 島之三題

## 之一　綠島

島，日夜為海所擁抱
是孤單也好
是寂寞也好
海，總為它而唱

來自遠方的鳥
在島築起愛巢
來自故鄉的船
為島添加了生氣

每日，我望著島沉思
是早晨也好

是黃昏也好
島，給我無限憧憬

一九九四年七月一日，台東／蘭嶼

## 之二　日月潭午後急雨*

午後，一場急雨
把潭全面封鎖
小島不見了

一會兒，太陽出來了
把潭回復原來面目
小島又被釋放了

一九九六年三月，日月潭

※注：一九九六年三月，台灣舉行首居總統直接民選。之前李登輝訪美，引起中國強烈不滿並文攻武嚇。從一九九五年起，中國解放軍以「東風飛彈」試射台灣島嶼兩端北部東海海域，進行飛彈軍事演習，造成台灣股票慘重下跌，房地產價格下滑，人心惶惶不可終日。後來，美國總統柯林頓為亞太區域和平，參眾兩院通過協防台灣，美派出「尼米茲號」、「獨立號」兩艘航空母艦，護守警戒台灣海域。

## 之三　龜山島

看見島
心情彷彿浪潮
在澎湃洶湧

看見島
心情彷彿海燕
在奮力飛翔

故鄉近了
母親的面容
越來越清晰

我歡喜淚水
快速奔湧
故鄉美麗的景像

二〇〇二年十月七日，宜蘭／龜山島

# 納骨塔與圖書館

納骨塔裡
一個罈，是一個安息的靈魂
人間腳步
最後到此歇息

圖書館裡
一本書，是一個不滅的靈魂
擠坐書架
靜待另一靈魂來開啟

二〇〇一年五月一日，土城

## 燈蛇

——深夜過華江橋，看見河中的燈火倒影有感

每條燈蛇
都聽命每盞燈火
白天
都潛藏在河裡

入夜
每條燈蛇
都在堤岸
等候燈火餵食

二〇〇〇年九月二十二日，台北

# 舞者

妳可以溫柔如雲海飄逸
妳可以剛強如山脈雄偉
妳追隨音樂高低起伏而舞動蛇般雙臂
妳款款滑行於幽幽的青春草原

妳扭轉臀部，彷彿可孕育整個春天
妳迴旋身軀，彷彿羚羊輕盈的跳躍
妳揮灑長髮，彷彿奔向月宮的嫦娥
妳緩緩滑行於黑白的太極雲海

妳向上為雙臂，妳向下是雙腳
妳忽隱匿雲霧飄渺天地間

讓我苦苦追尋而無法尋覓
只留下天籟，只留下天籟……

二〇〇三年三月十四日，台北／國家劇院

# 白鷺鷥

風歇了
你就自我緩緩降落
尋一處豐饒田地覓食

風起了
你就鼓動矯健身影
飛翔在故鄉富麗的平原

千里綠波中
你誓言以純潔的白
揚起在故鄉美麗的山巒

二〇一〇年三月一日，新北

輯四

# 你我皆風景

## 你我皆風景

你在橋上
拍風景
我在橋下
拍你為風景

我看你
是風景
你看我
是風景

橋上
橋下

你我
皆風景

二〇〇三年八月二十五日，紐西蘭

# 一季嚴冬

一季嚴冬
逼落許多樹髮
猶剩憔悴枝椏
伸向茫茫天際

已是初春三月
冬雪仍掩蓋山巔
伊人在水一方
頻頻電話問歸期

二〇〇一年三月十八日，台北

# 一幀照片

——觀托爾斯泰一九〇二年臥病時一幀照片有感

你老了，病了
住進醫院，整個人躺臥病床上
兩眼仍炯炯注視著遠方
像在思考什麼

你無法下床
無法親自走出戶外
再到多變的世界
走一走，看一看

你無遠弗屆的文思
早已烙印世人心坎

你那巨手
早已攫住人間悲歡

二〇〇一年三月二十五日，台北

# 月光下

月光下
披銀的河流
一路翻唱而來
你迎迓

流過左右河岸
穿越歷史沙洲
一路歌頌而去
你回望

二〇〇九年十二月三十一日，台北淡水河

# 只有幾個永垂不朽

天際，一顆星殞落
沒人讚嘆
因為它是那麼遙遠

人間，一個凡夫辭世
沒人哀悼
因為人與人日漸疏遠

天際流星
就像世人
無聲無息殞落

啊，惟有最閃亮才能垂掛天際
就像世間
只有幾個永垂不朽

二〇〇〇年六月十二日，桃園

# 因為風動

因為風動
樹就搖下留戀葉上的露水
因為風吹
樹就搖落眷戀樹枝的枯葉

在樹下
頓悟幾滴露水和幾片落葉——
凡落下的未必沈淪
它往往是上升泉源

二〇〇一年三月十二日，土城承天禪寺

# 花之二題

## 之一　野薑花

攝得住你魂魄
卻攝不住你縷縷幽香

你日漸憔悴的雪白容顏
誰也無法禁止你幽幽呼息

## 之二　曇花

把所有純潔
都獻給黑夜
如此才能掩飾憔悴

在日出前
把所有容顏都飄落滿地
有誰憐惜捧起你？

二〇〇五年七月五日，新北／烏來

# 孤獨

孤獨的海
環抱孤獨的島

孤獨的島
緊抱孤獨的塔

孤獨的塔
擁抱孤獨的人

孤獨的人
守望孤獨的火

孤獨的火
燃燒孤獨的夜

二〇〇三年九月二十七日，基隆

## 冷意沒有逃匿

冷意沒有逃匿
陽光僅來虛晃

還是那件舊風衣
掩藏已久的心跳

妳聽到了嗎？
我急需妳貼心靜聽

二〇〇五年三月七日，台北

# 一〇八塔*

一〇八塔，都曾是豐富生命
如今被小心翼翼典藏
不再受歲月風雨摧殘

一〇八塔，都是因緣集合
就像塔那般圓融自在
沒有任何階級分別

一〇八塔，都有屬於自己魂魄
從此，不再顛沛流離
從此，不再空虛寂寞

二〇〇〇年七月四日，青銅峽水庫

※注：一〇八塔位於黃河青銅峽水庫西面峻峭的山崖上，因塔而得名。一〇八塔坐西朝東，背山面向黃河，隨山勢鑿石分階而建。自上而下，按一、三、五、七、九奇數排列構成。一〇八塔是佛家慣用之數。念佛一〇八遍、數珠一〇八顆、曉鐘一〇八響。

## 岩壁上的樹

在陡峭岩壁上
每一棵樹
都以意志抓緊

看似要墜落深谷
忽來一陣風
它們又以展翅之姿
俯瞰大地

二〇〇三年年十月十一日，土城媽祖田

# 風，在林間迷路

風，在林間迷路，
落葉在尋找它……

忽來一群快樂彩蝶，
告訴葉子：「風，就在林口！」

二〇〇三年十一月二十七日，桃園

## 流浪的雲

流浪的雲
沒有永遠住址

漂泊的雲
天空自由來去
偶爾化一陣急雨
澆熄人間的怒火

二〇〇一年八月二十日，台北／松山機場

# 流浪的樹*

你們從哪漂流而來？
為何失去原來青春面貌？
你們不是生長在深山裡？
為何會在大海中隨波逐流？

當海浪平靜下來，
卻在海岸看見你們支離破碎的身軀，
你們不是守護在高山裡？
為何海岸成為你們最後的歸宿？

二〇〇一年九月二十一日，台北

※注：每次強烈颱風侵襲臺灣之後，台灣的海岸都會出現大量漂流樹木，俗稱「漂流木」。這些樹木都因豪雨及土石流的沖刷，在台灣的深山裡被連根拔起，從溪的上游一路被溪水沖刷漂流而下，最後在大海中漂泊，載沈載浮著。

# 叫醒鄉愁是野雁的呼聲

兩岸是連綿的黃沙
河中是奔騰的黃河
沙洲是一片青蔥的蘆葦
叫醒鄉愁是野雁的呼聲

日暮，野闊而蒼茫
幾戶人家，散落在荒涼邊陲
曠野，盡是吹滾北風的沙塵
捶在南方遊子青春的肌膚

二〇〇〇年七月一日，青銅峽

# 陽光依然會吻到你

你不要再埋怨了
那烏雲遮掩了太陽
何不換個位置
陽光依然會吻到你

二〇〇三年三月十八日，台北

# 露水

是夜的淚水
在太陽起床之前
偷偷拭去

是夜的淚水
晨間還晶瑩剔透
一轉眼消失無影無蹤

它來去自如
從不嚮往人間

二〇一二年三月十二日，新北／土城

## 燭火

無盡黑夜
把你完全遮蔽

你越來越小身軀
仍堅強抵抗

黎明升起
暗夜立即對你放棄封鎖

二〇〇一年十一月二十七日，台北

# 彎彎的新綠

快速滾落的巨石
壓斷山邊的大樹
也壓扁路旁小草

巨石終被搬開來
樹，已死了很久
草，卻長出彎彎的新綠

二〇〇三年七月二十一日，於嘉義／梅山

輯五

# 日本北海道組曲及其它

# 日本北海道組曲（十五首）

## 之一　一夜春雪

一夜春雪，飄落遠近山麓
那白皚皚春雪飄落枝頭上
鋪陳層層雪白毛毯

道路被雪封鎖
鏟雪車把厚雪快速鏟除
遺留兩側高高雪牆

當車行走留有殘雪道路
車隨之顛簸滑行
啊，是春雪不深，車得以安全抵達

眺望一片白茫茫雪原
內心沒有絲毫冷意
啊，我來自南方，到此探訪北海道春天

## 之二　雪原

一堆堆被遺忘的殘雪
散佈城鄉各個角落
等待那溫暖陽光融化
化為一條條春水
滲透土地，滋潤萬物

在一片廣大雪原
土地裡的生物
已蠢蠢欲動

雪原難掩青春的喜悅
準備在春天出發

## 之三　啊，是因為冬天

啊，是因為冬天
冬雪覆蓋一切

被封閉的土地
被封閉的河流
被封閉的道路

啊，一切都在等待
等待那春天太陽
用溫暖融化一切

讓土地開始耕耘
讓河流開始灌溉
讓道路開始運行

啊，是因為春天
冬雪開始融化

## 之四　每天，我以略懂的日文

北海道幾天旅程
白天都在風景區
夜晚泡泉和飲酒
最關心還是島嶼的政治

第三屆總統大選後
執政黨以些微票數領先在野黨[1]

引起泛藍群眾對選舉不公的懷疑②
在總統府前激烈抗爭
每天，我以略懂的日文
在電視機前關心故鄉大事

啊，我美麗的島嶼
啊，我純樸的人民
定能安然度過
那層層襲來的風雪

※注：
①執政黨為民進黨，在野黨為國民黨。
②所謂「泛藍群眾」是指中間選民而投票行為大都傾向中國國民黨、新黨、親民黨等政黨。

## 之五　驚見一群野鹿

在室外溫泉池，在氤氳水氣裡
驚見一群野鹿來到池畔流連，像是來問候
在雪地裡牠們靜靜來回走著，或臥或立

從牠們眼神，看見如白雪般純潔
這裡沒有驚恐包圍，沒有潛藏陷阱
牠們自由來去，日日與白雪共舞

## 之六　白樺林

太陽出來了，雪慢慢融化
雪水潺潺流入溝渠，匯流成溪
在山凹陷處

凝固一串串瑩剔透的珠簾
懸掛山腰

旅店前，幾棵巨大白樺林
長年陷在雪地裡沉思
以為在雪地玩耍是快樂
當推門想走出去，卻無法在風雪裡稍待片刻
而這裡白樺林，已在風雪裡屹立數百年

## 之七　在春陽照射下

在春陽照射下
雪原映現一片銀白世界
看見一群狐狸蹤影
敏捷地遊走樹林與湖泊之間

這天寒地凍的雪原
是否有食物可供牠們覓得？
讓牠們安然度過
我憂心視線，一直在雪原裡尋找答案

## 之八　繽紛的雪花

在北國一旅館的落地窗前
外面是白皚皚世界
靜下心來，閱讀從南方帶來詩集

窗外是紛飛無言的春雪
棉絮般溫柔飄落
彷彿告訴我，雪是一種微細思維

一生從未遇見如此紛飛雪景
思維早就追隨雪花翩翩起舞
累了嗎？就讓那繽紛雪花撫慰乾涸心靈

## 之九　白與黑

白與黑是一種強烈對比
看見一隻孤單的烏鴉
正努力振翅在白色雪原上
從大黑點逐漸小黑點
最後消失在白色雪原裡

牠只是暫時不見
到時候，雪原肯定會被太陽所融化
到時候，白與黑肯定不再那麼堅持

到時候，天地肯定有青春顏彩出現
到時候，聒噪叫聲肯定在田野響起

## 之十　松林

松林連接松林
唯一色彩是翠綠
一切皆被白色所統領

風雪那麼大
唯一不被白雪所覆蓋就是道路
聯繫你我之間網絡

看見一群野鹿
在山林穿梭覓食
冰冷對牠們已習以為常

車行駛冰滑路上
唯一要注意是如何煞車
偶爾，車輪不規則顛簸滑行
總是一再提醒你：一路要小心！

## 之十一　河的兩側

河的兩側，雪開始融化
化為清澈春水，匯流河裡
那冰冷清澈而蕩漾河水
可清楚看見一條條洄游魚群
在陽光照射下，魚鱗閃耀銀白亮光
一條條充滿生機的河流，孕育無限春光水色

春水一路貫穿在廣袤雪原上
一路嘩啦歌唱，詠嘆春天到臨

## 之十二　去秋你播下的種子

去秋你播下種子
蟄伏在地底下已數月
經過一季嚴冬壓抑
今春種子已緩緩抽出新芽

今晚，外面風雪正狂野
下午，我來道路已被暴雪掩蓋
明晨，你會把積雪鏟出一條條道路
讓我平安遠行

## 之十三　樹，落盡葉子

樹，落盡葉子
不代表死亡
堅韌枝椏，仍迎戰冰天雪地

就等待
下一個季候
再爆開新芽

二〇〇四年三月二十九日

## 之十四　太陽出來了

太陽出來了
又看見湛藍天空

雪開始融化，天地有了區隔
河水開始波瀾壯闊
脫卸厚重外套，心情隨之舒展

雪片從林葉紛紛應聲墜落
樹木也開始脫掉一層層雪衣
歡喜迎向春暖花開的季節
今午我即將飛回南方島嶼
一個充滿陽光召喚的故鄉

二〇〇四年三月三十日

## 之十五　那銀灰的羽翼

那銀灰的羽翼
繼續維持平穩而航向南方

偶來一陣氣流
機身搖晃幾下又回歸平穩

機翼與海平線
似乎等距平行
一路追隨的殘霞
漸漸失去美麗的顏彩

羽翼逐漸隱沒
在灰暗雲海裡
只剩下機翼兩端
不斷閃爍回鄉的訊號

二〇〇四年三月二十二日至三月三十一日
寫於日本北海道

# 京城的雨

京城的雨
是千年前的雨？
京城的你
是千年前的你？

若是生命有輪迴
願是千年前的你
你雖是你，我雖是我
卻相逢在有緣今世

二〇〇六年六月三日，日本／大阪

# 夜風頻頻叩窗

夜風頻頻叩窗
在試探它的溫度

時時敲醒你耳朵
是那頻繁來往的夜行火車

旅店前，一棵落盡葉子的櫻樹
再次迎迓繽紛春雪

一清早，即被一群聒噪的烏鴉吵醒
這久違一身黑烏鴉，竟在異鄉重逢

走在碎石板路的福岡街頭
一株含苞待放的寒梅，正探頭迎迓

二〇〇四年三月十三日，日本／福岡

# 日本瀑布二題

## 之一　白絲瀑布[1]

一簾秋水萬樹紅，濤聲撩起撥秋意。
楓紅遍野疑無路，忽聞水聲引前行。

## 之二　那智瀑布[2]

長布墜雲河，激水竄萬石。
古松齊昇天，神社裊青煙。

二〇〇二年十月十八日，日本／輕井澤

※注：

①白絲瀑布位於日本靜岡縣富士宮市上井出的一處瀑布。因外觀如白絲從山崖墜下，因而命名。

②那智瀑布是日本三大瀑布之一，如錦帶般奔流的白涓，自山谷高處傾瀉而下。正中有一座神社，終日輕煙裊裊，其旁古松參天，直指青空。

# 後記

《永遠不敢伸出圍牆》是我第三本詩集，距二〇〇〇年三月出版的《人牆與鐵絲網》，倏忽之間，又相隔十七年之久。這本詩集的詩作書寫風格，大部分仍延續前詩集的寫實基調。

這些詩作約從二〇〇〇年三月寫至二〇一一年十二月中旬，一貫以寫實詩筆記錄台灣島嶼所發生的政治經濟與社會文化事件，反映這時代脈動一些軌跡。這些詩作大部分在「國立政治大學台文所」所屬網站《台灣文學部落格》發表。如今搜尋該網站竟呈現無專人管理而停滯空白狀態，令人深感疑惑不解。

現今回想起來，對於自己詩作能否在哪刊物或哪主流媒體副刊發表，已不是重要。最重要的是，深怕在平日忙碌的工作生活中，把這些曾記錄詩想歷程的詩作就此佚失。因此，興起出版詩集的念頭，因為它們得以成為完整的文本，我就有機會重新回顧詩歌與歷史的交會。

在此援引法國學者羅蘭・巴特（Roland Barthes）的說法：「一部作品完成之後，作者便已然死亡，文本成為一個獨立的生命體，作者再也不能予以干預。」這句話深得我心。最後，我謹向《掌握詩刊》同仁邱振瑞兄弟為拙著撰寫精闢序文，秀威資訊的鄭伊庭小姐鼎力協助，致十二萬分的謝忱。

二〇一七年八月十五日
何郡　寫於台灣新北

語言文學類　PG1904　秀詩人18

# 永遠不敢伸出圍牆
## ——何郡詩集（2000-2011）

作　　者／何　郡
責任編輯／鄭伊庭
圖文排版／周妤靜
封面設計／楊廣榕

發 行 人／宋政坤
法律顧問／毛國樑　律師
出版發行／秀威資訊科技股份有限公司
114台北市內湖區瑞光路76巷65號1樓
電話：+886-2-2796-3638　傳真：+886-2-2796-1377
http://www.showwe.com.tw
劃撥帳號／19563868　戶名：秀威資訊科技股份有限公司
讀者服務信箱：service@showwe.com.tw
展售門市／國家書店（松江門市）
104台北市中山區松江路209號1樓
電話：+886-2-2518-0207　傳真：+886-2-2518-0778
網路訂購／秀威網路書店：http://store.showwe.tw
國家網路書店：http://www.govbooks.com.tw

2017年10月　BOD一版
定價：260元

國家圖書館出版品預行編目

永遠不敢伸出圍牆：何郡詩集(2000-2011) / 何郡
著. -- 一版. -- 臺北市：秀威資訊科技, 2017.10
面；　公分. -- (語言文學類)
BOD版
ISBN 978-986-326-469-9(平裝)

851.486　　　　　　　　　　106016929

# 讀者回函卡

感謝您購買本書，為提升服務品質，請填妥以下資料，將讀者回函卡直接寄回或傳真本公司，收到您的寶貴意見後，我們會收藏記錄及檢討，謝謝！如您需要了解本公司最新出版書目、購書優惠或企劃活動，歡迎您上網查詢或下載相關資料：http:// www.showwe.com.tw

您購買的書名：________________________

出生日期：________年________月________日

學歷：□高中（含）以下　□大專　□研究所（含）以上

職業：□製造業　□金融業　□資訊業　□軍警　□傳播業　□自由業

□服務業　□公務員　□教職　□學生　□家管　□其它____

購書地點：□網路書店　□實體書店　□書展　□郵購　□贈閱　□其他

您從何得知本書的消息？

□網路書店　□實體書店　□網路搜尋　□電子報　□書訊　□雜誌

□傳播媒體　□親友推薦　□網站推薦　□部落格　□其他________

您對本書的評價：（請填代號　1.非常滿意　2.滿意　3.尚可　4.再改進）

封面設計____　版面編排____　內容____　文／譯筆____　價格____

讀完書後您覺得：

□很有收穫　□有收穫　□收穫不多　□沒收穫

對我們的建議：________________________

________________________

________________________

________________________

請貼
郵票

11466
台北市內湖區瑞光路 76 巷 65 號 1 樓
**秀威資訊科技股份有限公司** 收
BOD 數位出版事業部

........................................................................................

（請沿線對折寄回，謝謝！）

姓　　名：＿＿＿＿＿＿＿＿　年齡：＿＿＿＿　性別：□女　□男

郵遞區號：□□□□□

地　　址：＿＿＿＿＿＿＿＿＿＿＿＿＿＿＿＿

聯絡電話：(日)＿＿＿＿＿＿＿＿(夜)＿＿＿＿＿＿＿＿

E-mail：＿＿＿＿＿＿＿＿＿＿＿＿＿＿＿＿